Al amanecer

escrito por
KAREN ACKERMAN

ilustrado por CATHERINE STOCK
traducido por ALMA FLOR ADA

Macmillan/McGraw–Hill
Columbus, Ohio

Libros escritos por Karen Ackerman

Araminta's Paint Box
(ilustrado por Betsy Lewin)
The Tin Heart
(ilustrado por Michael Hays)
This Old House
(ilustrado por Sylvie Wickstrom)
The Leaves in October

Libros ilustrados por Catherine Stock

Midnight Snowman
(escrito por Caroline Feller Bauer)
The Copycat
(escrito por Kathleen y Donald Hersom)
Mara in the Morning
(escrito por C.B. Christiansen)
Taking Turns
(por Bernice Wolman)

Para Carly y Daniel,
y muy agradecida a David Ray

—K.A.

Para Ily

—C.S.

A las seis de la tarde, cuando estamos ayudando a Nana a poner la mesa para la comida, mamá se prepara para tomar el autobús e ir al trabajo. Josh protesta mientras pone los cuchillos y los tenedores junto a los platos. —¡Siempre me toca poner los cubiertos! —se queja mientras mamá sale apresurada por la puerta, pero lo hace de todos modos.

Mamá trabaja en una fábrica desde las siete de la noche hasta las tres de la mañana. Es lo que llaman "el turno de medianoche." La gente que trabaja a esas horas mantiene abiertos lugares como hospitales, estaciones de bomberos y fábricas, mientras otros lugares están cerrados. Mamá dice que pagan bien, y sabemos que necesita el dinero.

Mientras nos sentamos a comer la carne molida que preparó Nana, mamá está haciendo cola para marcar la hora de entrada en su tarjeta. Cuando suena el silbato para comenzar a trabajar, se pone un delantal y unos tapones en los oídos para que el ruido de las máquinas no se los dañe.

Después de comer, ayudo a secar los platos. Una vez que los he terminado de secar, Josh le pasa los platos y tazas a Nana para que los guarde en la alacena. Luego nos sentamos en la mesa de la cocina y Josh dibuja con sus marcadores nuevos.

—¿No tienes tarea, Raquel? —me pregunta Nana.

Mamá trabaja en la máquina que le hace pliegues a las cajas de cartón desarmadas, que se mueven en una correa sinfín. Un poco más adelante, su amiga Lacey coloca las cajas en pilas altas para que las amarren y las envíen. Su otra amiga Bess, les coloca las etiquetas de envío.

Encuentro mis cuadernos y me pongo a trabajar.
Nana mira por encima de mi hombro para ver lo
que estoy haciendo. De vez en cuando lee una de las
respuestas de mi tarea y murmura: —¡Muy bien,
hijita! ¡Trata de nuevo, corazón!

Más tarde, coloca sobre la mesa dos tazas de leche
y un plato de galletitas.

Cuando el timbre suena una vez, mamá puede tomar un pequeño descanso. Apaga la máquina, coge su monedero y con Lacey y Bess van a la cafetería, donde se sientan a conversar y quizá a jugar un ratito a las cartas. Cuando el timbre vuelve a sonar regresan a trabajar.

Luego es hora de bañarnos y ponernos las pijamas. Nos cepillamos los dientes, le damos un beso a Nana y nos metemos en la cama. Nana le lee un cuento a Josh porque no se puede dormir si no le leen un cuento. Después baja a ver el noticiero en la televisión.

Cuando nuestro reloj da las once, mamá escucha que el timbre para el almuerzo suena dos veces en la fábrica. Mamá apaga la máquina y se va por media hora a la cafetería con Bess y Lacey. Su platillo favorito de pocas calorías es el tomate relleno con ensalada de atún y galletitas saladas. Pasa al baño para cepillarse los dientes antes de regresar a trabajar.

Nuestra casa está silenciosa y oscura y hasta Nana está bien dormida a la una de la mañana, cuando Mamá toma su último descanso.

Al amanecer, suena el silbato para el cambio de turno. Mamá marca su tarjeta y toma el autobús de regreso a casa. A las cuatro de la mañana, la mayoría de las personas están todavía acurrucadas debajo de las cobijas y soñando. Pero algunas están regresando a casa, como mamá.

Abre la puerta de la calle y la cierra con cuidado;
se quita los zapatos y cuelga su abrigo en el clóset.
Mientras las luces de la calle zumban ligeramente y
lanzan una luz blanca y fría, se sienta en una silla,
se frota los dedos de los pies y los pone en alto para
"la buena circulación."

A veces me despierto cuando oigo que mamá abre
la puerta de la calle. Salgo de la cama, voy de
puntillas al cuarto de Josh y lo despierto.

—Mamá ha llegado —le digo bajito y él se frota los
ojos. Lo ayudo a ponerse la bata de casa y las
zapatillas que hacen juego.

—¿Qué hacen levantados? —pregunta mamá cuando nos ve asomados desde lo alto de la escalera. Sonríe, abre los brazos y bajamos. Arrodillados a ambos lados de su silla, nos abrazamos.

Mamá huele como las cajas de cartón que hacen en la fábrica; un olor amaderado de papel y goma y nos mira a los ojos.

—¿Tienen hambre? —pregunta mamá y la seguimos a la cocina. Corta naranjas para exprimirlas y hacer jugo fresco. La cocina se llena de olor a cáscaras de naranja.

Nosotros dos comemos platos grandes de cereal, puesto que todavía tenemos una hora y media antes de ir a la escuela. Mamá calienta y come la carne molida con salsa que hizo Nana la noche anterior.

Después de comer el cereal y tomar el jugo, ayudamos a mamá a lavar los platos. Luego regresamos a la sala y nos sentamos en el sofá. Ponemos la cabeza sobre las piernas de mamá y escondemos los pies debajo de nuestras batas, mientras ella nos cuenta lo que pasó en la fábrica esa noche. Debajo de mi cabeza siento que las piernas de mamá tiemblan un poquito, por haber estado de pie todo el tiempo en el trabajo. Nos acaricia la cabeza.

—¿Qué hicieron mientras yo estaba en el trabajo?
—pregunta Mamá. Josh le muestra los dibujos que
hizo con los marcadores y yo le enseño mi tarea.
Mamá la mira con mucho cuidado, encuentra
algunos errores y me ayuda a corregirlos.

—¿Nana trabajaba cuando eras chiquita? —le pregunto.

Mamá niega con la cabeza: —Cuando vivía tu abuelito las cosas eran muy distintas, Raquel. Sé que para mamá es muy difícil tener que pagar por todo ella sola y me da un poco de pena haber preguntado.

—¿Están enojados conmigo porque tengo que trabajar toda la noche? —nos pregunta. Sus ojos se ven cansados y tienen ojeras. Estamos un poquito enojados porque otros padres trabajan durante el día, pero no lo queremos decir.

Digo que no y le hago cosquillas debajo de los brazos, para que no se dé cuenta de cómo me siento en realidad. Josh también le hace cosquillas y conseguimos que se ría tanto, que nos dice: —No más, por favor. Me rindo —para que paremos.

De repente se enciende la luz en el cuarto de Nana.
Nana sale de su cuarto para ir al baño. Tiene una
redecilla en el pelo y zapatillas peludas y se ve casi
tan cansada como mamá.

—Buenos días —masculla mientras pasa al baño—.
Tendré el desayuno listo en unos minutos —añade
cerrando la puerta del baño. Antes de que podamos
decirle que ya hemos desayunado, se siente el ruido
de la ducha.

—No se qué me haría sin Nana —dice mamá,
riéndose—. No sé qué nos haríamos.

Los tres nos quedamos en el sofá y miramos por la
ventana de la sala el amanecer rosa y dorado.
Callados, sentados muy juntos.

Quizá algún día mamá pueda trabajar durante las
mismas horas que otros padres. Entonces el único
sonido en nuestra casa a la salida del sol será el
sonido que hagamos dormidos debajo de las cobijas,
en medio de nuestros sueños.

Pero por ahora, al menos, estamos juntos al
amanecer.

Atheneum
Macmillan Publishing Company
866 Third Avenue
New York, NY 10022

Maxwell Macmillan Canada, Inc.
1200 Eglinton Avenue East
Suite 200
Don Mills, Ontario M3C 3N1

Macmillan Publishing Company is part of
the Maxwell Communication Group of Companies.

This edition is printed and published by arrangement with Atheneum,
Macmillan Publishing Company.

SRA Macmillan/McGraw-Hill
250 Old Wilson Bridge Road
Suite 310
Worthington, Ohio 43085

Printed in the United States of America

ISBN 0-02-685945-9

2   3 4 5 6 7 8 9   CDY   99   98   97   96   95